カナダ・ニューヨークの旅

子や孫に伝えたい歌日記

視察旅行経路

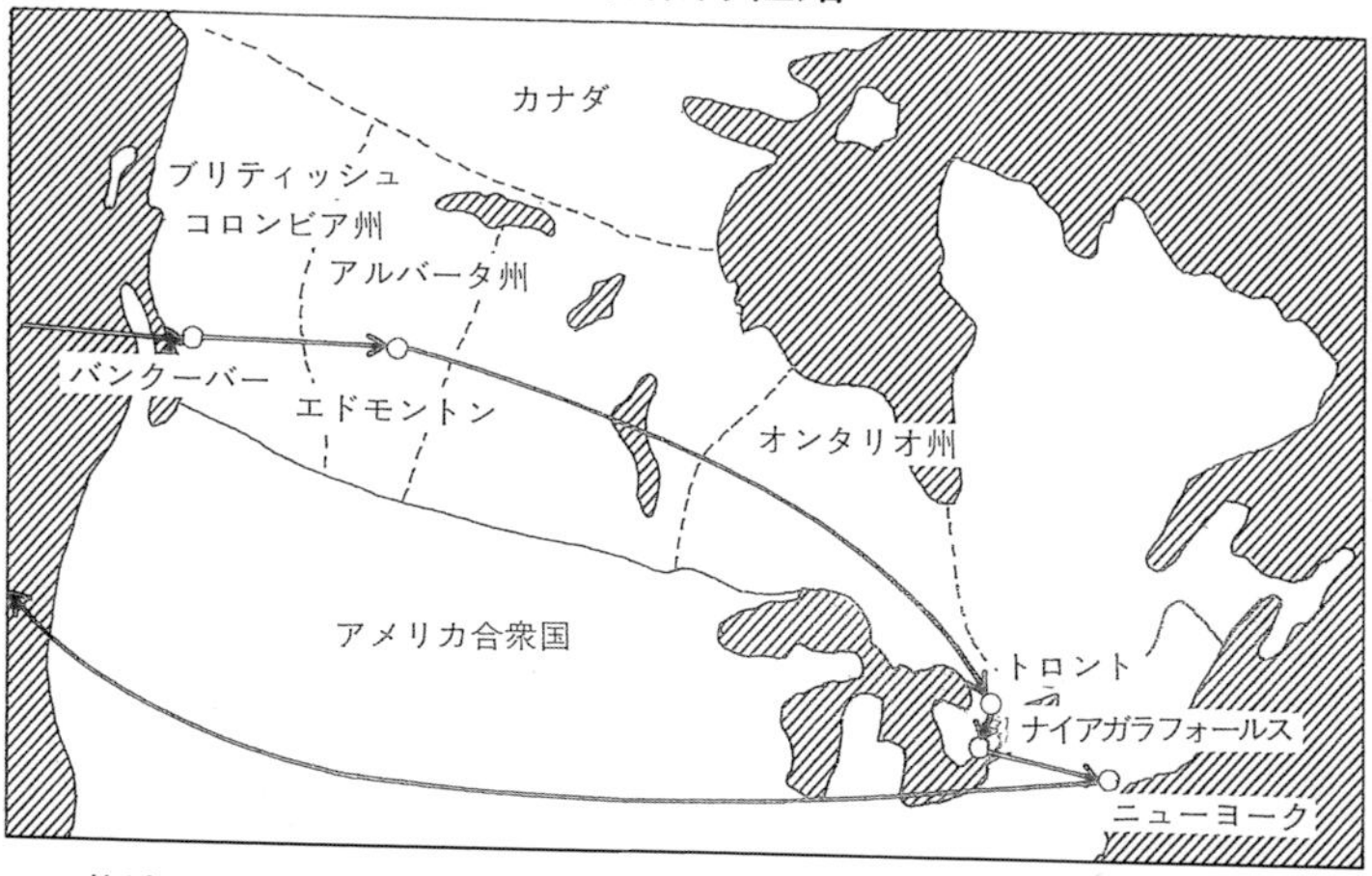

茨城県婦人のつばさ（第４回）カナダ・アメリカ　女性事情視察

バンクーバー

クイーン・エリザベス公園

バンクーバー

トーテンポール庭園

日本語学校の校長　紺野靖二さん

エドモントン

アルバータ州広報部長　サロウム女史　通訳の小林芳子さん

ホームステイ　マリー夫人

ニューヨーク

国連の前にて

トロント

ブリッジの公園

目次

序

宇都宮大学名誉教授　齋藤　健次郎

今後の教育は、いろいろな意味で学校教育と社会教育を一本化したような—個人の多様な時間を利用して教育を積み上げて行くような変化に富んだ、個人主義的なものでなければならないと考えています。

大学レベルでこのような考え方が一部実行され始めました。この方式は生活と教育の一本化でしょう。

人口減少国日本、不足の労働者として周辺国の青少年を求める日本は、大きな学校を建て、広い教育で一斉の教育訓練を行う事は出来ないと考えます。

それでいて教育訓練には、共通の目的がなければなりません。ここで教育と言っている内容には、職業教育、職業技術教育、国民教育を包含するものでなければならず、青少年が良い教育だと実感するものでなければなりません。日本で職業人として働きたいと考えている人に、その機会を与える教育を作り上げることは、素晴らしいことではありませんか。この教育に成功しなければ日本は必要な労働力の確保ができない国になってしまいます。

そういう点で諸外国の教育事業を見て置くことが大切でしょう。

さて、篠山孝子先生は、歌人であります。新鮮な目と心でとらえた「カナダ・ニューヨーク歌日記」を読んで、カナダ・ニューヨークについてのイメージが、いきいきとゆたかにふくらんできました。

そして、歌のはいった日記のおもしろさにひきこまれました。

この本には、先生がその日その日の生活の感動の原点を歌であらわし、行動や感想などを散文形態であらわすという新しさがあります。また、自然の雄大さの中にも、個性的な心情がりっぱな短歌として詠まれており、あたたかみや、ふかさを感じました。

目に見えるものと、人の持つ感情を一緒によみこむ韻文（短歌・俳句）は、ことばの魂です。いつまでも、人の心に響き伝えます。青少年期には非常に大切なものと思っています。これからは、日本人の年寄ともお話合いが出来る心豊かな青少年を育成したいものです。

カナダ・ニューヨーク歌日記　一九八五年（昭和六十年）

九月二十五日（水）

成田の高空をゆくジェット機に無のただ中にある思ひせり
雲波はたちまちのうちに消え去りて青き海原展け初めたり

二度目の海外の旅、喜びの中にも白いベールのような、かすかな霧が心をおおってくる。しばし眼を閉じながら、すべてを天にゆだねると白いベールも、たなびきながら消えて行った。

カナダに対する期待、憧れ、また、言い知れぬ不安が脳裡をゆさぶる中に、いつのまにか、機体は大地から離れ成田を飛ぶ、いよいよカナダへ婦人のつばさの開始である。機窓にうつる東京の灯が、ダイヤモンドのようにきらめいている。

（実飛行時間8時間30分）

白雲の中に山脈《なみ》浮かび出てゆらぐ機窓に山肌うつる

一面に霧立ちこめしカナダ山むらさき淡く匂ひ立ちたり

太平洋の向かい側カナダの玄関口であるバンクーバーに、十時三十分到着、広い太平洋を挟んでカナダの最西端の都市は抜けるような青空が広がり、国旗にデザインされているメープル（カエデ）の街路樹が至る所に植えてあり、黄色に秋のたたずまいを見せる。それなのに午前中は気温が十九度である。窓を開けると、白いハナミズキの花が咲いている。驚いていると、隣の通訳のモト子リードさんが、「今の季節は、二度咲きするんです。」と、教えてくれた。

朝光《かげ》の透る光に見えきたるハナミズキの葉の色のすがしさ

青空に楓もえるカナダ旗バンクーバー駅よりしみじみと見つ

憧れのカナダの土に足を踏み入れ感無量である。バンクーバーにいわば「未来の時間」に到着したわけである。時の未来のなかに実際に身をおいてみると、「時間」とか「空間」とか、過去、現在、未来といったものがつくりあげているこの世界の不思議さを、つくづく考えさせられた。

私達三十一名（婦人のつばさ）一行は、急いで税関の手続きをすませて、市内見学をする。なだらかなスロープに沿って、バラ、マリーゴールド、百日草、アジサイなど、色とりどりの花が咲き乱れている。

茨城の翼の友と語りつゝ花を賞でつゝ沈床園めぐる

公園の紅薔薇は風に揺れ居つゝ匂ひ立ちたる朝光の中

楓並木白樺の道越え行けばハナミズキの花今盛りなり

市内の公園、交通、通信博会場、チャイナタウンなど視察をし、途中レストランで昼食して、バンクーバーに一泊した。

九月二十六日（木）

かろやかなモーニングコールに目覚めつゝカナダの旅にいつしか馴れぬ

野ボタンや紫陽花の咲く住宅地芝生の庭は色冴えて見ゆ

翌日、専用バスでエドモントンに到着。それから国際的に活躍している婦人との出合い、特にアルバータ州広報部長サロウム女史との心の触れ合いから始まる。政治に活躍する婦人達の応対は、州議会議事堂でのメアリー文化大臣はじめ、五人の女性州議員の談話は、「国連婦人の十年」の最終年にふさわしい内容だった。

女性州議員が輝く衣装で居並んで華やかに応対してくれた。最初にメアリー大臣が女性の地位雇用問題が、どれくらい向上したかを話す。

そのあと一人ずつ州政府の政策、女性を取り巻く環境問題をめぐって演説した。男性に負けず劣らずの態度でユーモアがあり、いきいきと輝き魅力あふれる女性達であった。

おほらかなメアリー大臣と語りたり孤独な我の心潤す

にこやかな女性議員と議事堂に女性の役割しみじみと聞く

ボランティア活動については、すでに学生時代からボランティア精神の授業が行われていると聞かされ、新たな感銘を覚えた。

中庭の花壇に光差し入りて金盞花の花群がりて咲く

いきいきと働くカナダの女性見て共に語りぬ心ひらきて

女性の地位向上のために与えられた婦人の地域活動、生涯教育、子供の健全育成という三つの課題にそっての海外視察は実の多いものとなった。
その後、エドモントン市庁舎で、市長助役と懇談し昼食をとった。それから、宇宙科学センターを見学し、Aグループは、ストラスコーナ高齢者センターへ、Bグループはボランティア・アクションセンターを訪問した。私は、肌の色が違う子供が一緒に生活するフォース・デイケアで折紙を持参して、ツルやカブトの折り方をみせてあげた。みな興味深く熱心にながめていた。

折紙のツルやカブトを贈りたり心なごみぬ未婚の母の家

とりどりの絵を飾りたる保育園共に遊びて我等楽しむ

九月二十七日（金）

翌日、専用バスでエドモントンに到着、ロッキー山脈をひと山越えると、ポカポカの陽気だったバンクーバーとは一転して、エドモントンは冷たい雨模様だった。木々も一層黄ばんで、寒い冬が間近いことを告げている。

世界第二の国土の広さを誇る国カナダは、気候、風土も変化に富んでいる。カナダは生涯教育の考え方が浸透しボランティア活動と組み合わさって、大学が地域、社会に大きく門戸を開いている。

州都の郊外に広大な敷地をもつアルバータ州立大学部があって学びたい中年女性に

手をさしのべている。大学構内の一角に民家を改造したという「女性資源センター」でその継続学部でウィーメンズ・プログラムを担当しているマリーン・スミス教授の出迎えを受けた。

「一九一二年、開設された当時は、まだ「学部」とは呼ばれていなかった。「近隣の農業に携わっている人たちが学問に目を向けるよう、大学をそちらに近づけるのが目的だったんです。」と学部の生いたちを話してくれた。

今、カナダでも男性中心であった学問分野に、女性の視点を持ち込もうとする『女性学』が芽吹き始めている。学部七十年の歴史の中で『ウィーメンズ・プログラム』はたった三年しかたっていない。学位がとれるよう女性学の研究学部を設けようと、今動き出している。」と、教授の言葉に力がこもる。

特に、エドモントンにおける熱心なフードバンク（食料銀行）の活動には、ボランティア精神の豊かさを知らされた。

国連本部に働く国際婦人達のたくましさのなかにも笑顔をたやさない、おだやかな容姿には、国境を越えた女性の真の姿をみる思いがした。

視察課題の一つである子どもの健全育成についても、子どもひとりひとりの性格や行動を丹念に観察しているなど、多くの学ぶべきものがあった。

生垣の蔓薔薇は風に揺れるつつ匂ひたちくる朝かげの中

とりどりの花乱れ咲く公邸に蝶の来て舞ふゆらめきながら

雲切れて秋日つよくさす公邸にサルビアの花今盛りなり

各訪問後、エドモントン・クラブへ直行し、アルバータ州の文化大臣主催のディナーパーティーに出席する。

そのパーティー会場で、各民泊引き受け家族と面会、終了後、二名ずつ民泊先へ一泊した。

九月二十八日（土）

ナナカマド赤々と実る並木道今宵マリーの家に宿らむ

門庭に乱れ咲きたる野牡丹の濃き紫の色のすがしさ

たちまちに光は山に静まりて茜の雲の窓にあかるし

マリー夫人の家の玄関に入ると、水盤に菊の花が活けられ、歓迎の真心が表れていた。洗面所の花びんにも花が飾られ、何種類もの香水等も用意され、特に美しい刺しゅうの化粧カバーまで用意されているのには驚嘆してしまった。

マリー夫人は、移民の多いカナダの小学校で移住してきた子ども達に、英語を教える特別学級の先生だった。夫君は大学教授で三年前に死去、童話作家で弁護士である娘さんが近くに住み、週に何回か泊りに来るとのこと。ヨーロッパ、アメリカもそうだが、子供は成人後、親と同居しないのが原則だから、娘さんも親元から離れ自活している。弟は病院に入院していて、時々、退院してくるとのこと。そして、近くに親友や、教え子達が住んでいて、常に交流して料理など分け合って生活をエンジョイしたり、助け合って、何事にも積極的な生き方をしている方だった。

夕方、友人が民泊している、マリー夫人の親友のメアリーさん宅にお招きいたゞき、温かく迎えてくださった。食事はすべて手作り、自分の畑でとれたというポテトや、チェリー、トマトなど、とても新鮮でおいしかった。

特に、パーティーは、たゞ食べるだけでなく、御主人様が手品をしたり、細長い風船で動物を作ったりして楽しませて下さり、だれもが真心で接してくれた。

私は、このパーティーで、カナダの客のもてなし方を学んだ。ステーキ、サラダ、手づくりのパンと飲みもの、アイスクリームなど、客のもてなし方はすばらしかった。

ほのぼのと窓辺に光さし出でてナナカマドの実赤々と見ゆ

姫りんごたわゝに實る中庭に夕光照りて木の影うつす

わが編みしレースのショール肩にかけ鏡の前の喜びのしぐさ

カナダは、六ヶ月間冬が続くので、どの家も三階が玄関になっていて、一階、二階は地下室になっている。地下には、卓球台とか、運動用具など備えてあり、又、図書室もある。広いクローゼットの中には、毛皮のコート、洋服、帽子など数多く並んでいる。マリー夫人は、「自由に好きなの着て下さい。」と、おおらかな人だった。

九月二十九日（日）

マリー夫人とコーラスしつゝ語りつゝエドモントンの田園巡る

綿毛のごと川べりに飛び散りてあたり一面たんぽぽの花

翌朝、マリー夫人が美しい田園風景の広がる郊外にドライブに連れて行って下さり、途中、野店で三段重ねのジャンボアイスクリームを食べたり、一面に広がるタンポポの広原を、学生時代に覚えた「ケンタッキーの我が家」や、「オールド　ブラック　ジョー」の英語の歌を、一緒に歌いつゝ、本当に楽しい時間を過ごすことが出来た。

帰り、書店により童話「Sweet grass」日本語で「愛らしい草」の本をプレゼントして下さった。右上に金の丸いラベルがはってある

「この本は、私の娘が新人賞をとった本なの。これは、私のプライドなのよ。」と、笑顔で話してくれた。

それから、デパートにより、皮でビーズの刺しゅうの模様のある、美しいブーツをプレゼントしてくれた。

別れぎは寂しさに堪へわれはたゞマリーの庭の紅葉を拾ふ

夕光の窓に迫れる山肌は燃ゆるがごとく紅葉かがやく

総領公邸に照りかがやきて垣根沿ひに白きコスモス紅のコスモス

午後三時半、民泊家庭から、ホテルに集合。

ジャパニーズ・ヴィレッジで、民泊引き受け家族への返礼パーティーがはじまる。夕食を御馳走して下さったメアリー御夫妻も見えている。私の隣には、婦人のつばさ団員とともに過ごした、通訳の小林芳子さんもいらっしゃる。小林芳子さんは、もうカナダに住みついて十年、移民の間のモザイク社会は、「居ごこちがよい。」といい、市民権も得ている。

返礼パーティー会までには、一時間余裕があったので、マリー夫人とメアリー御夫妻にお礼をこめて、広間の片隅で、私の出版した、『お日さまのようなお母さん』（絵本）を語り、小林芳子さんに通訳していたゞいた。

お日さまのようなお母さん

Mother Is Like the Sun　　By Takako Shinoyama

お母さん
あなたの心《こころ》の中《なか》には
いつも太陽《たいよう》が
キラキラかがやいている

Mother,
In your heart
The sun shines
All the time.

お母さんは
いつも明《あか》るい
お日《ひ》さまのよう
苦《くる》しみも　悲《かな》しみも
花《はな》のような　ほほえみで
みんな　つつんでくれる

Mother is like the sun
which is always bright.

Pain and sorrow
She wraps in her
Flower-like smile.

なにもいわないで
星《ほし》のような　まなざしで
痛《いた》む心《こころ》を　ささえてくれる

Without saying a word
She supports an aching heart,
With her star-like eyes.

あかちゃんが生《う》まれたら
花園《はなぞの》をかけまわる
小鹿《こじか》のような
空《そら》とぶげんきな　つばめのような
とんだり
はねたり
歌《うた》ったり
そんなこどもにそだてたい

If a baby is born,
Like a fawn running around a flower garden,

Like a swallow spiritfully flying in the shy,
Leaping, hopping, singing,
That kind of kid I wish him to be.

心《こころ》とは澄《す》んだ鏡《かがみ》
相手《あいて》を　そっくりそのままうつす
でも心《こころ》って　ただの鏡《かがみ》じゃないみたい
じっと　見《み》つめていると
とっても　やさしく温《あたた》かい
すごい勇気《ゆうき》が湧《わ》いてくるのです
だから　ゆたかな心《こころ》の人《ひと》って
美《うつく》しいものを
たくさん鏡《かがみ》にうつすんですね

A heart is a clear mirror.
It reflects its object as it is.
But, heart seems to be not just a mirror,
When you gaze at it,
With warmth and tenderness,
You feel courage come up,
That is why a person with a rich heart
Reflect so many beautiful things.

こどもを公園《こうえん》につれていきます
こどもはむじゃきに
ブランコにゆられたり
鳩《はと》を追《お》ったり
池《いけ》の鯉《こい》と遊《あそ》んだりします
でも
お母さんにはぐれると
「おかあさん」「おかあさん」
と　むちゅうになって　泣《な》きながらさがします
そして　お母さんの姿《すがた》を見《み》つけると
また　ほっとして遊《あそ》びます

When a child is taken to a park,
The child starts playing without worry,
Swinging a swing,
Running after pigeons,
Playing with carps in a pond.
But
Once a mother is out of sight,
The child starts crying “Mommie, mommie”
And deseparately their to find her.
Once “Mommie” is in sight again,
The child starts playing again.

強《つよ》い人《ひと》ってどんな人《ひと》でしょう
けんかに強《つよ》い人《ひと》をいうのかな
それとも頭《あたま》のいい人《ひと》をいうのかな
もしかしたら　どんなときでも
自分《じぶん》を守《まも》りとおせる人《ひと》を指《さ》すのかも……
でも　本当《ほんとう》に強《つよ》い人《ひと》というのは
バスで席《せき》をゆずるような
雨《あめ》にぬれて　こまっている人《ひと》に
だまってかさをさしかけるような
そして
小鳥《ことり》のお墓《はか》にお花《はな》をあげるような
そんな……心《こころ》のやさしい人

What is a strong person?
Does is mean the one who is strong in fighting?
Or the one who is clever?
Perhaps it means a person who
Can protect one's self at anytime?
A real strong person is
The one who gives up his seat on a bus,
The one who shares his umbrella with
Somebody who is wet and in trouble.

And the one who offers fiowers to
A little bird's tomb –
Yes, the one with a tender heart.

ちいさいときのことを思《おも》い出《だ》します
お母さんについて　畑《はたけ》へ行《い》った日《ひ》のこと
あぜ道《みち》には　黄色《きいろ》いタンポポ
土手《どて》には　ピンクのレンゲソウ
私《わたし》は草笛《くさぶえ》を吹《ふ》きながら　蝶《ちょう》をおっかけました

I remember when I was very young
When I followed my mother to the farm
Yellow dandelions on the path of the field,
Pink flowers on the river bank.
I ran after butterflies whistling
The grass whistle.

入道雲《にゅうどうぐも》が綿《わた》あめに見《み》えたり
かいじゅうになったり
お人形《にんぎょう》さんになったり
そして
あの雲《くも》に乗《の》って遊《あそ》んだら
どんなにたのしいかなんて……

夏《なつ》になると　いつも思《おも》い出《だ》す
こどものころの夢《ゆめ》です

Gigantic columns of clouds in summer,
Look like cotton candy
Or a monster,
Or a doll,
Oh, how fun it would be to be on that cloud!
Whenever summer comes
My childhood dream revives.

遊《あそ》びにむちゅうで日《ひ》がくれて
お母さんのおむかえのうれしかったこと
古寺《ふるでら》のやねで　からすが二、三羽《ば》
「よかったね」
と　ささやいているようでした

The sun setting without noticing,
How happy I was to see my mother
Come to take me home.
Even crows on the roof of the old temple
Seemed to whisper

"Aren't you lucky?"

木枯《こが》らしが
吹《ふ》くころになると
お母さんは　かじかんだ手《て》で
セーターをあみながら
コタツの中《なか》で
おとぎ話《ばなし》を聞《き》かせてくれました
いつか、ふりはじめた雪《ゆき》は
庭《にわ》に忘《わす》れたマリやシャベルを
白《しろ》く白《しろ》く染《そ》めながら
ひっそりと積《つ》もって行《い》きました

When the nippy wind of winter started to blow,
My mother told me fairy tales
While keeping her feet on "Kotatsu", the foot warmer,
Knitting with fingers stiff with coldness,
Snow started to fall and to heap quietly
Dying everything into white
My little shovel and a ball left in the yard.

どんなに美《うつく》しい花《はな》でも

やがては　色《いろ》あせて枯《か》れてしまいます
でも、人間《にんげん》だけはちがいます
それは　神《かみ》さまが
わたしたちに
いつまでも　変《か》わらぬ美《うつく》しさを与《あた》えてくれたからです
それが美《うつく》しい心《こころ》です
しかし　神《かみ》さまは
ちょっといたずらして
心《こころ》の美《うつく》しさを
あなたには見《み》えないようにしてしまったのです

However it is beautiful,
A flower, sooner or later, fades.
But a human being is different
Because God gave us some eternal beauty.
That is the beauty of a heart.
God, however, is naughty to make
The beauty of a heart invisible.

おばあちゃん
神《かみ》さまってどこにいるの
お社《やしろ》の中《なか》なの　お空《そら》の上《うえ》なの

“Grandma, where is God?
In the shrine or above the khy?”

神《かみ》さまは　みんなの心《こころ》の中《なか》にいるんだよ
こまったこと　かなしいことにであうと
だれだって　手《て》を合《あ》わせたくなるのはそのせいよ
神《かみ》さまは　人間《ひと》の心《こころ》の中《なか》に住《す》んでいて
いいことも　わるいこともお見《み》とおしなの

“God stays in the heart of everybody, dear.
That is why everybody feels like clasping hands
to pray
When encountering troubles or sadness.
You know, God lives in the human heart,
So He sees all good and bad.”

心配《しんぱい》ごとのある人《ひと》に
お地蔵《じぞう》さんは　やさしく
ささやいています

「忘《わす》れてしまいなさい。忘《わす》れて
しまっていいのです。

悲《かな》しみのむこうにはきっと
幸福《しあわせ》が待《ま》っています　さあ
元気《げんき》を出《だ》して」

A stone image of Jizo** god
Tenderly whispers to a worried heat,
"Forget.
It is OK to forget,
Beyond the sorrow,
Happiness is waiting.
Come on, cheer up!"

美《うつく》しく咲《さ》く花《はな》を見《み》ると　いつも思《おも》う
それをそだてる水《みず》と光《ひかり》を

元気《げんき》で遊《あそ》ぶこどもの姿《すがた》を見《み》ると　いつも思《おも》う
それを　つつむ母《はは》の愛《あい》を

人間《にんげん》は　自分《じぶん》をささえてくれる人《ひと》がいるとき
はじめて光《ひか》りかがやくことができるのです

Whenever I see beautifully brossomed flowers,
I always think of the water and light that grew

them.

Whenever I see happily playing children,
I always think of mother's love.

A human being starts to shine for the first time
When a supporting somebody exists.

するとマリー夫人が

「誰もが、このような心でいれば、戦争などなくなり、世界が平和であるのにね。」と言う。すると、メアリーさんの御主人様が、

「しかし、国が違うと、思想も違うから、世界平和は、なかなかむずかしい……。」と言う。

すると、奥様は、

「でも、誰もが、このような、あたたかい心で、平和促進者になり生活していけたら幸せね。」

と、にこやかに言う。皆、心豊かでおおらかな人達だった。

小林芳子さんが美しい流れるような英語で通訳して下さった。

すっかり異国での生活に溶け込み、国際交流のパイプをつなぐ小林芳子さんの見事な通訳ぶりには、心から感動した。

いよいよ、パーティーの時間がせまってきた。

社交好きなカナダ人は、実にもてなし上手で、妻だけでなく、夫もおしゃべりの輪

に加わる。

パーティーは、いつまでも、楽しく盛り上がった。

心豊かで温かな多くの人々との出会い、触れ合いがあったエドモントン、その中でも印象深く胸に刻み込んだのは、病気を克服してなおも政治の第一線で活躍するアルバータ州の女性広報部長、ラベルナ・サロウムさんのひたむきさと、バイタリティには感動した。

かつて、サロウムさんの娘さんが、日本の大学に留学したこともあるというほど、サロウムさんは大の親日家である。二度にわたる手術を受けたにもかかわらず、今回もスケジュール調整から一切を引き受け、細やかな心遣いを示してくれた。どの団員も、民泊の方々の温かい心くばりに感動していた。

私の隣にいた土岐田輝子さんは、しみじみと、

「人間味あふれたグレンサーご夫妻の心の行き届いたおもてなしを受け、私は、お米を持参したので、朝、御飯をたいて、おにぎりとおすしに、インスタントみそ汁を添えてあげただけだけど、大変喜ばれたと話してくれた。

本当に生活習慣が違う他民族の私たちに、こんなに、好意的に自宅を開放し、親切にしてくださる。」と、しみじみ心が伝わってくる。

マリー夫人は、私に固く握手をしながら、

「今度は、ロングタイムでいらっしゃい。」と、おっしゃった。

眼に涙が溢れてくる。

「お別れ」に玄関のホールで、団員が滝廉太郎作曲の「花」や、「サクラ」など歌って聴かせた。

静かに聞いている人達の目から涙が伝って落ちた。みんな心が解け合った一瞬だった。

カナダのテレビに映りしつばさ団花とサクラの歌声ひびく

九月三十日（月）

楡《にれ》の木の下に薊《あざみ》の咲ける道過ぎて車はトロントをめぐる

登り来しスタンレーン公園燃ゆるかにスミレ野菊の花盛りなり

トロントは、カナダ第一の都市で、この大都会はそこに集う人々も、アメリカにより似通っているようだ。

トロント家族サービス機関のディレクター、ブロック・コーピーさんは、離婚する夫婦への助言、指導の中身を語る。

「母子家庭ばかりでなく、最近は離婚による父子家庭への対応も手が抜けない。以前は、離婚が成立した時点で問題は片付いた。とする傾向は強かった。今は、それだけでは済まされなくなった。」と眉を曇らせる。離婚した同士がお互いの子供を連れて再婚し、義理の親子が、ひとつ屋根の下に住まう、父親、母親が違う子供たちと、ニュー・ファミリーの問題が新たに派生している。」と言う。

女性のジャネット・コールさんは、

「不景気の時代は食料や中古衣料を配ったり、とにかく社会が何を必要としているか、絶え間なく目を配ってきた。」と強調する、民間機関は、財源の五〇％は、日本でいう「共同募金」のような一般寄付、一〇％程度を政府援助、残り四〇％を大口寄付でまかなっている。

地域のいろいろな人がかかわって、家族やその子供たちが、ドロップアウトしないよう、あらゆる方向から援助しているのがよくわかる。

「北アメリカでは、自分の問題は自分で解決しようとする個人主義は強いが、家族の問題は、友だちや親せきに相談するより、カウンセリング相談は行った方がよい。」と、人々は考えているようだ。」とコーピーさんはいう。


トロントの夕映の雲明るみて日暮いつまでも紅色の空

十月一日（火）

紅葉せる裾野を過ぎてわがバスは夕闇せまる湖岸に着きぬ

辿りつきし宿に夕陽の射し入りてナイヤガラの滝音高く響く

トロントのガイドは同郷の女性にてなつかしみつつ語り合ひたり

移民の国、カナダには、多様な人種と文化、言語が入り混じっている。小中学校は、そうした多民族の国を映し出して国際色豊かである。

中学校と隣り合わせ、マックマリッチ小学校の放課後、もうすぐやって来る感謝祭のごちそうという心づくしのお茶会の支度が待っていた。先生方の案内でひと通り校内を見学したあと懇談する。

この大都会で母親、子供の側に立って働くソーシャルワーカー、せつ子サローさん、それに、福島県出身で市内の日本語学校の校長先生紺野靖二さんも話の輪に加わった。

トロントには、移民家庭の子供が多く通学する学校が、十五校もあり、マックマリッチ小学校もその一つ。カナダは、英語、フランス語を「国語」としているが、親の代に、移住してきた家庭で親たちが両国語とも、しゃべれないというのが少なくない。

この小学校では、七ヵ国語を授業にとり入れているといい、子供たちが「母国語を忘れないように――」との温かい配慮が行き届いている。

親による言葉の障害が、子供への虐待につながるケースもあって、それが度を超すような場合、家庭にまで入ってファミリー・カウンセリングをする。」とせつ子さん。

また、全然英語を話せずに入ってくる子供がいても、二、三ヵ月生活するうちに、しゃべれるようになってしまう。

生活環境への適応の早さ、その柔軟性も日本の子供と共通である。

訪問先からカナダ、アメリカの国境、水煙が上がるナイヤガラの滝を眺めながら、スカイロン・タワーで夕食をした。

煙立つナイヤガラの瀧夕もやの中に静かに音を立てゐつ
夕光のさして流るゝナイヤガラ蒸気のごとく夕霧の立つ
しろがねの色にかがやくナイヤガラみどりの縁を見つゝ帰りぬ

十月二日（水）

雨やみて秋日強く射す国連にサルビアの花今盛りなり

高きビル重なり並ぶニューヨーク硝子の窓の灯きらめく

硝子張りのホテルの窓に日射淡く寒きニューヨークに今われら在り

加盟国の寄贈のものをとりつけて国連ビルは硝子張りの城

インディアン襲来に備へし防壁の跡いたましきウォールの街

国連で働く女性。

超高層ビルがたちならぶニューヨークのマンハッタン。ちょうど、総会開催中という国連本部は、人の出入りのチェックは厳しいが、いつもながら加盟国の色とりどりの旗がひらめいている。

ここで、「婦人のつばさ」一行は、国連広報局の好意で国際政治のひのき舞台で働く人事部長伊勢桃代さんら日本人女性職員八人との交歓会がもてた。

女性の地位向上を目指す「国連婦人の十年」推進の本拠地とあって、事務局の女性職員の比率も二五％まで引き上がることが、総合の決議文に盛られている。

「国連は女性にとって、働きやすい職場、それに、海外でやってみようとするチャレンジ精神は、女性の方が強いのではないかしら。」と、伊藤桃子さん。

「それでも、正規の職員となると、女性スタッフは一割程度、科学技術関係、地域委員会など、女子が配属されていない職場もある。」という。

科学技術機関の職員の森田弘子さんは、

「結婚、出産は、女性にとってひとつの壁」という。私はベビーシッターの手を借りて、四ヵ月赤ちゃんを奮戦子育て中、勤務して四年目といい、前任地は西インド諸島のハイチだったと言う。

「採用間もないジュニア職員だと、アフリカはじめ、女性も途上国へ赴任することが多い。生活は大変だけど、仕事はやりがいがある。」と、若さが光る。

また、美しいスーザン・マーカンさんは、

「女性は家庭」の厚い壁を打ち破って、平等な社会を実現するには、

「女はもっと力を持ち、決定権のある、ポストを確保しなくては。これはさきのナイロビ会議でも確認されたこと。」と淡々とした中にも厳しい口調で語る。

各国の女性は、いまだに、家庭、外への仕事と二重労働に苦しんでいる。

「女性は変化を待っているのではいけない。行動を起こさなければ——」と、マーカンさん。

十月三日（木）

古びた赤レンガの建物（ＮＣＮＷ）は、一般のニューヨークの子さえ、あまり足を踏み入れない、というダウンタウンの奥深くにあって、女性がリーダーシップをとって政治家をも巻き込み、地区の社会福祉事務所、老人センター、保健所など、「女とかかわる機関」に活動家を送り込みながら、その生活向上を図る。

「アメリカの典型的な地域である、ブルックリンへようこそ……私たちは貧しい女たちのために働いている。」という。ディレクターのジューン・ピーターソンは、静かな女性闘士。

「女性を強くたくましくするだけでなく、地域をよくしようとしている。」と、県婦人のつばさの一行を、快く迎え入れ、一日かけて地区内の各施設を案内してくれた。

「総人口十七万人」という、ブルックリンは、イタリア、ラテン、韓国人、それに東ヨーロッパから移住したユダヤ人らが多種多様に集まっていて、まさに、「人種のるつぼ」というにふさわしい。

隣人たちが助け合い、コミュニティーを支える。

全米には、NCNWに似通った女性組織がまだいくつもあり、そこと情報交換しながら協力体制を組んでいる。

「今、ビルを改造して、独り暮らしの老人と、未婚の母親のためにアパートを建設している。そこに老人と若い母親を一緒に住まわせ助け合わせようというプランで、これが成功すれば、全米に広めたい。」と、ピーターソンさん。

すみずみまで、よく手を差しのべていく連係プレーがうまくいっている。

陽気なラテン系の女性、ゴーメン・ジャロさんに案内されて訪れた社会福祉事務所は、連邦と、ニューヨーク州政府、市がそれぞれ補助金を出して運営する公共機関。ここでは、社会の貧困の中で増えている十代の未婚の母への援助、保育所、学童保育と、デイケア対象に関する説明を聞いた。

「アメリカの家庭像は急速に変化しつつある。女性職員は、特にニューヨークでは、十代の女子の妊娠率は高く困った問題だ……。高校に出かけて行って、正しい性情報を流すなどしているほか、個人へのカウンセリング、若い母親への生活指導もしている。

「この地域に関しては、子供の三分の一が、中学一年生までに、落第するといい、そうした子供への就業援助対策も大切な仕事である。」と語った。

「NCNWが独自に運営し、肌の色が違う多くの女性が常にカレッジでは読み書きを教えるだけではなく、地域をどう改善するか、意識向上が重要な目的とされているのは、みんなの地域で育った人たちよ。」と、ピーターソンさん。

ダウンタウンに、「女たちの明日を見続けよう」とする新しいエネルギーは満ち溢れていた。

夜、さよなら夕食会　（ニューヨーク）

もろもろの思ひをこめて踊りたるサヨナラパーティー意気旺んなり

歌声はいつの間にやら静まりてあふるゝ思ひこみあげてくる

十月四日（金）

朝食後、専用バスでニューヨーク市内を視察しながら、空港へ。

（実飛行時間　13時間40分）

落葉樹梢に赤きもの添ひて入江の湖は瑠璃にかがやく

バッテラ公園のベンチに憩ふ人の見ゆ十月の空青くまぶしく

空高く光り輝く海原に艪の音低く遠ざかり行く

楓並木白樺の道越え行けば、ハナミズキの花今盛りなり

十月五日（土）

チップおくことにも馴れて研修の旅終へむとすニューヨークに

いく時か雲海の中をすぎて来てわが機の窓に澄みし空見ゆ

十一日のカナダ・ニューヨークの旅巡り季節の感じ鈍き明け暮れ

夕映えの母国の空に近づきぬ十一日の旅は終りぬ

成田着（四時十分）　到着後・入国　通関手続き終了後、解散

あとがき

カナダ（バンクーバー、エドモントン、トロント）アメリカ（ニューヨーク）十一日の旅 ――「婦人のつばさ」（茨城県婦人海外派遣）31人の事務局として ――

チリ一つない道路。流行とか他人に気をとられない個性的な服装で、自然の持ち味を生かし、場に応じ、分に応じ、和を考え自分を大切にする美意識に、私は、土地の大きさとともに、心もまた学ばねばならない文明の大きさを感じました。

茨城県婦人海外派遣「婦人のつばさ」（四回目）三十一人の事務局として、カナダのバンクーバー、エドモントン、トロント、アメリカのニューヨークの四都市を九月二十五日から十一日間、視察、研修の旅を通して、先進国といわれる両国の女性の社会参加の実情、苦悩、問題などを学びました。

カナダの国旗にデザインされたメープル（カエデ）の街路樹が美しいバンクーバーの街、ナイヤガラの滝のすさまじい水しぶき、ニューヨークの霧にかすむ超高層ビル、いずれもすばらしい風景でした。

私は、二度目の外国旅行を経験して、今後の日本のあり方を見定める「目標を明らかにする」ことが大切だと思うようになりました。世界の現状を見ると、国や都市によって大きな差があることがわかります。アメリカの都市は旅行者の心を捉えようとしています。近代都市というのは、そのような意図を持った都市を言うのでしょうか。私はそれぞれの都市が、どんな意図で街をかざり立てようと努力しているのかを理解することができました。

日本では、盂蘭盆《うらぼん》の七月十三日から十六日にかけて、精霊を迎え慰めるために音頭または歌謡に合わせて行う盆踊りをします。その起こりは原始舞謡でした。これが時代を下るにつれて洗練され、佛教伝来と結びついて普及しました。そして、集団活動として精神的活動の内容を持つようになりました。以上の事から、教育の一分野である社会教育は室町末期から、宗教行事として行われるようになりました。

現実の社会は商工業が発達して、日常生活は学術的、芸術的に変化、発展していますが、室町時代に芽生えた行事は、独立した伝統として庶民の生活の中で受け継がれて今日に至っています。

私がカナダ・アメリカの町の洗練された美しさを見るとき、歴史の中でたくわえられた伝統的な美しさを感ずることができます。

私のとらえた美と外国人の示そうとした美は、ある点では一致し他の点では異なっています。

日本の年号は、明治、大正、昭和、平成の四つの年号が日本人の頭の中にありますが、現在は令和となりました。

明治、大正、昭和の三つの年号は措くとして、昭和は、昭和前期、昭和後期に分けた気がします。そういう考え方を支えるのは、社会教育の変化であります。そして、「青年の船」を巡遣する方式が採用されるようになりました。

日本の社会教育は、最もわかりやすい言葉で表現すれば、日本は二度と再び戦争によって国際的紛争を経験する国家にもどる事はない事を誓うことでした。この事は第二次世界大戦で激しく戦った国に派遣された、青年の船に乗船した日本青年は、くりかえし現地の青少年、日本祭りに参加した老若男女に伝えられたのです。

外国の新聞は皆、今後日本は諸外国と戦争をしない国に変化して行くという青年の船の主張（基本方針）に対して好意的でした。このため、マニラの中心の広場を利用した日本の盆祭に、反日の反対運動は一度も起こらなかったのです。

青年の船を派遣した社会教育活動、即ち「女性的な社会教育」は、「もう決して戦争はしない」という考え方を中心として成り立った活動でした。

年号が平成から令和になり、日本は「もう決して戦争をしない国」から、徐々に国のあり方を変えようとしています。

平成期の後半になって、教育問題が急に騒がしくなってきました。大学の問題、職業教育の問題、人口減少による学校、クラスの縮小問題、教育行政の管理の問題等です。

学び方についても松尾芭蕉は、見事な学習指導の実践を後世に残しています。彼は、「奥の細道」という東北旅行記を書きましたが、江戸時代の文学作品であるだけでなく、俳句のあり方、作り方を後世に残しました。松尾芭蕉は、江戸から現在の栃木県を通って東北へと歩を進めたので、彼の足跡は栃木県に多く残されています。

「田一枚植えて立ち去る柳かな」

この栃木県の農村でうたった一句は、俳句の精神を言い当てています。東北の旅は田植えがさかりの頃に出かけました。

俳句は題目、場所、時間を決めて参加者が集まり、参加者が座長から指名され順次発表します。最後に座長が全体をしめくくり会を閉じます。

新聞を見ると、日本は今後、東南アジアなどから青少年を多数雇用し、労働力の不足を解消するそうです。このためには、日本の教育と諸国との間の教育の連絡が大切になります。日本の文化や歴史をどのようにつなげ学ばせるかを研究しなければなりません。そこに女性的な社会教育を学ぶ必要があります。

日本は島国です。日本の周りの海が日本を保護しています。この海の保護という条件を日本人はもっと深く考える必要があります。明治、大正、昭和、平成の中に日本の失敗が含まれています。日本がもう少し謙虚であればさけることが出来た筈です。それをまっすぐ突っ走ってしまったのです。島国の日本は、「あともどり」が下手です。松尾芭蕉は一句の中に俳句の作り方と人生の生き方を見事に表現しています。英語で言えば"learning by doing"（ラーニング　バイ　ドウイング）行いながら学ぶの精神がその中に示されています。

日本の社会や、学校からいじめを無くすために、これから、外国に学ぶことが大切でしょう。

茨城県婦人海外派遣「婦人のつばさ」（四回目）の事務局として、カナダ・ニューヨークの視察を得、気候、風土、民族、人種、言語、風俗、習慣の違った異国の中で、多くの見聞を広め、人間的なふれあいを通して、尊い体験をつむことができました。

ある日、旅のアルバムを小学生一年だった孫に見せると、花に興味をもち、庭に咲いているスズランの花をみつけ、私に、「すずらんの花がはっぱの中でかくれんぼしている」と、伝えてきたので、「それを、五七五の文字にしてごらん」と言うと、「すずらんがハッパの中にかくれてる」と表現しました。「よく出来たね」と、ほめると、創作力がわき、たくさんノートに書きとめました。その側に絵まで描き楽しんでいます。

やさしいことばでほめながら引き出していくと、子どもはかならずのびるのだと、しみじみ感心しています。

オリンピックが、令和三年に開催される予定です。日本のおもてなしの心や、歌の奥深さの一端を、子や孫につたわればと思い、つたない一端を述べてみました。

少しでも、お役に立つことが出来ましたら幸と存じます。


静かなる木蔭にひとり安らへば川はやさしき音を立てつつ

篠山　孝子（しのやま・たかこ）
1933年生れ。茨城県出身。立正大学文学部国文科卒業。
1977年11月　文部省教員海外派遣団に加わりアメリカ合衆国を視察。
1985年 9 月　茨城県婦人のつばさ（第 4 回）海外派遣団（事務局として）カナダ・アメリカを視察。
1994年 3 月　茨城県水海道市（現・常総市）立五箇小学校校長として退職。茨城県下妻市在住。
著書：詩歌集「あけぼの」（椎の木書房）
「詩のすきな中学生」（NHK 中学生の広場放映）
「短歌のすきな中学生」「童話のすきな中学生」（虫ブックス中学生シリーズ・茨城県推薦図書）
「アメリカ・歌日記」「花の歌・随想」「鳥の歌・随想」「小さい心の窓」「女性の四季」（以上、教育出版センター）
絵本「お日さまのようなお母さん」共著（日常出版・全国学校図書館協議会選定図書）
「お母さん窓をあけて―いのち輝くとき―」、「愛の毛布―いのち灯すとき―」、「なぜ人はいい言葉でのびるのか―心に響く言葉―」、「輝き続ける女性となるために―心に花がひらくとき―」、「なぜいいふれあいで人生が変わるのか―言の葉の杖―」、「お日さまのようなおばあちゃん」（全国学校図書館協議会選定図書）（以上、銀の鈴社・ライフデザインシリーズ）

銀鈴叢書
子や孫に伝えたい歌日記
－カナダ・ニューヨークの旅－
NDC911 64頁
2020年（令和2年）4月15日 初版発行 1000円＋税
著者 篠山孝子 文Ⓒ
発行者／西野真由美
発行／銀の鈴社 〒248-0017 鎌倉市佐助1-10-22 佐助庵
TEL0467-61-1930 FAX0467-61-1931
https://www.ginsuzu.com info@ginsuzu.com
印刷／電算印刷 製本／渋谷文泉閣

Printed in Japan ISBN978-4-86618-089-2 C0092